Julius Heinrich Georg Franz

Ueber das Foucault'sche Pendel

Antigonos

Julius Heinrich Georg Franz

Ueber das Foucault'sche Pendel

Unveränderter Nachdruck der Originalausgabe von 1872.

1. Auflage 2024 | ISBN: 978-3-38635-084-6

Antigonos Verlag ist ein Imprint der Outlook Verlagsgesellschaft mbH.

Verlag: Outlook Verlag GmbH, Zeilweg 44, 60439 Frankfurt, Deutschland, info@outlook-verlag.de
Vertretungsberechtigt: E. Roepke, Zeilweg 44, 60439 Frankfurt, Deutschland
Druck: Libri Plureos GmbH, Friedensallee 273, 22763 Hamburg, Deutschland

UEBER DAS
FOUCAULT'SCHE PENDEL.

INAUGURAL-DISSERTATION,

WELCHE

MIT GENEHMIGUNG

DER PHILOSOPHISCHEN FACULTÄT

DER

VEREINIGTEN FRIEDRICHS-UNIVERSITÄT HALLE-WITTENBERG

ZUR

ERLANGUNG DER PHILOSOPHISCHEN DOCTORWÜRDE

Julius Franz

aus Pommern

am 26. October 1872

zugleich mit den Thesen

öffentlich vertheidigen wird

gegen

E. Stippe

und

O. Baer.

HALLE 1872.

Man weifs, dafs das sphärische Pendel eine Curve beschreibt, welche bei ihrer gröfsten und kleinsten Entfernung von der Gleichgewichtslage immer zwei bestimmte feste Kugelkreise berührt. Es ist die Aufgabe der vorliegenden Arbeit zu untersuchen, ob sich das Foucault'sche Pendel hierin analog wie ein sphärisches Pendel verhält, d. h. es ist zu untersuchen, ob dasselbe durch die Gleichgewichtslage geht, oder wie weit es sich derselben nähert, und ob die Bahncurve vielleicht auch bei jedem Hin- und Hergange einen festen kleinen Kreis berührt.

I.

Es sei ein festes rechtwinkeliges Coordinatensystem angenommen: Der Anfangspunkt liege im Mittelpunkt der Erde, die positive Z-Axe sei nach dem Nordpol gerichtet, die positive X-Axe im Aequator nach dem Meridian des Aufhängepunktes des Pendels, die positive Y-Axe senkrecht dazu im Aequator nach Osten, also in der Richtung der Rotation.

Ein zugleich mit der Erde bewegliches Coordinatensystem habe den Aufhängepunkt des Pendels als Anfangspunkt, die positive z-Axe nach unten in der Richtung der Schwere, die x-Axe horizontal nach Süden, die y-Axe horizontal nach Osten.

Die Coordinaten des Centrums der Erde sind dann zu Anfang der Bewegung in Bezug auf das zweite System:

$$x_c = - a \sin \gamma \cos \gamma' + b \cos \gamma \sin \gamma'$$
$$y_c = 0$$
$$z_c = a \cos \gamma \cos \gamma' + b \sin \gamma \sin \gamma',$$

wo a der Radius des Aequators, b die halbe Rotationsaxe, γ der Neigungswinkel der z-Axe gegen den Aequator und γ' die excentrische Anomalie in der Meridianellipse ist. (γ und γ' seien auf der nördlichen Halbkugel positiv genommen. Für den Fall, dafs die Erde eine Kugel wäre, würden beide gleich der geographischen Breite werden).

Ist nun n die Winkelgeschwindigkeit der Rotation, so hat man die Coordinatenverwandelung

4

$$x - x_c = \quad \sin \gamma \cos nt \; X + \sin \gamma \sin nt \; Y - \cos \gamma Z$$
$$y \quad = - \quad \sin nt \; X + \quad \cos nt \; Y$$
$$z - z_c = - \cos \gamma \cos nt \; X - \cos \gamma \sin nt \; Y - \sin \gamma Z,$$

und da hier, wie immer bei orthogonalen Substitutionen, die Determinante der Richtungscosinus $= 1$ ist, und die Unterdeterminante eines Elementes gleich demselben ist, so sind auch die Auflösungen:

$$X = \sin \gamma \cos nt \; (x - x_c) - \sin nt \; y - \cos \gamma \cos nt \; (z - z_c)$$
$$Y = \sin \gamma \sin nt \; (x - x_c) + \cos nt \; y - \cos \gamma \sin nt \; (z - z_c)$$
$$Z = - \cos \gamma \quad (x - x_c) \quad - \quad \sin \gamma \quad (z - z_c).$$

Die relativen Geschwindigkeiten des Pendelknopfes in Bezug auf das variabele Coordinatensystem, jedoch die Richtung der Componenten nach den festen Coordinatenaxen genommen, sind nun:

$$\frac{dX}{dt} - \frac{\partial X}{\partial t} = \frac{\partial X}{\partial x} x' + \frac{\partial X}{\partial y} y' + \frac{\partial X}{\partial z} z' = \sin \gamma \cos nt \; x' - \sin nt \; y' - \cos \gamma \cos nt \; z'$$

$$\frac{dY}{dt} - \frac{\partial Y}{\partial t} = \frac{\partial Y}{\partial x} x' + \frac{\partial Y}{\partial y} y' + \frac{\partial Y}{\partial z} z' = \sin \gamma \sin nt \; x' + \cos nt \; y' - \cos \gamma \sin nt \; z'$$

$$\frac{dZ}{dt} - \frac{\partial Z}{\partial t} = \frac{\partial Z}{\partial x} x' + \frac{\partial Z}{\partial y} y' + \frac{\partial Z}{\partial z} z' = - \cos \gamma \; x' \qquad\qquad - \sin \gamma \; z'.$$

Die Summe der Quadrate dieser Größen ist auch $= x'^2 + y'^2 + z'^2$, wie es sein muß.

Die Entfernung des Pendels von dem Punkte, in welchem sich die z-Axe und die Z-Axe schneiden und den wir als Centrum der Anziehung betrachten können, sei $R = \sqrt{X^2 + Y^2 + (Z - Z_0)^2}$, eine Größe, die wir während der Bewegung ohne merklichen Fehler als constant betrachten können und in der wegen der Abplattung der Erde Z_0 negativ ist, wenn γ positiv ist, d. h. für nördliche Breiten. Ist nun G die Anziehungskraft der Erde, welche wir hier für alle Breiten als constant annehmen wollen, so hat man zunächst die Bewegungsgleichungen:

$$\frac{d^2 X}{dt^2} + \frac{GX}{R} + N \frac{\partial F}{\partial X} = 0$$

$$\frac{d^2 Y}{dt^2} + \frac{GY}{R} + N \frac{\partial F}{\partial Y} = 0$$

$$\frac{d^2 Z}{dt^2} + \frac{G(Z - Z_0)}{R} + N \frac{\partial F}{\partial Z} = 0,$$

wo $F (X, Y, Z, t)$ die Fläche ist, auf der das Pendel zu bleiben gezwungen ist, und N den Druck auf die Fläche oder den Widerstand des Fadens bedeutet. Nun findet man durch Differentiiren:

$$\frac{d^2 X}{dt^2} = - n^2 X + \sin \gamma \cos nt \; x'' - \sin nt \; y'' + \cos \gamma \cos nt \; z''$$
$$- 2n \sin \gamma \sin nt \; x' - 2n \cos nt \; y' + 2n \cos \gamma \sin nt \; z'$$

$$\frac{d^2Y}{dt^2} = -n^2 Y + \sin\gamma \sin nt\, x'' + \cos nt\, y'' - \cos\gamma \sin nt\, z''$$
$$+ 2n \sin\gamma \cos nt\, x' - 2n \sin nt\, y' - 2n \cos\gamma \cos nt\, z'$$
$$\frac{d^2Z}{dt^2} = \quad -\cos\gamma\, x'' \qquad\qquad -\sin\gamma\, z''.$$

Multiplicirt man die obigen Bewegungsgleichungen der Reihe nach zunächst mit

$$+ \sin\gamma \cos nt, \qquad \sin\gamma \sin nt, \quad -\cos\gamma$$

und dann respective mit ✳✳ $-\sin nt, \qquad\qquad \cos nt,\ 0$

und schliefslich mit $?\ -\cos\gamma \cos nt, \ -\cos\gamma \sin nt, \ -\sin\gamma$

und addirt jedesmal und ersetzt X, Y, Z, so wie $\dfrac{d^2X}{dt^2}$, $\dfrac{d^2Y}{dt^2}$, $\dfrac{d^2Z}{dt^2}$ durch die bei der

relativen Bewegung variabelen Coordinaten, so erhält man, wenn l die Pendellänge ist, die Differentialgleichungen der Bewegung zunächst in der Form:

$$✳\quad x'' + \frac{Nx}{l} - 2n \sin\gamma y' + (x - x_c)\left(\frac{G}{R} - n^2\right) + \cos\gamma\left(\frac{GZ_0}{R} - n^2 Z\right) = 0$$
$$✳✳\quad y'' + \frac{Ny}{l} + 2n \sin\gamma x' - 2n \cos\gamma z' + \quad y\left(\frac{G}{R} - n^2\right) \qquad = 0$$
$$?\quad z'' + \frac{Nz}{l} + 2n \cos\gamma y' + (z - z_c)\left(\frac{G}{R} - n^2\right) + \sin\gamma\left(\frac{GZ_0}{R} - n^2 Z\right) = 0.$$

Dieselben vereinfachen sich noch, da auch

$$x_c = Z_0 \cos\gamma$$
$$z_c = R + Z_0 \sin\gamma \qquad \text{ist,}$$

und für Z ohne merklichen Fehler $R \sin\gamma + Z_0$ gesetzt werden kann, da es um diesen Werth schwankt und ihn in der Gleichgewichtslage annimmt.

Hierdurch werden die Bewegungsgleichungen ohne Vernachlässigung der in n^2 multiplicirten Glieder, die die Centrifugalkraft darstellen,

$$x'' + \left(\frac{N}{l} + \frac{G}{R} - n^2\right)x \qquad = \quad 2n \sin\gamma y' \qquad + n^2 \sin\gamma \cos\gamma . R$$
$$y'' + \left(\frac{N}{l} + \frac{G}{R} - n^2\right)y \qquad = -2n \sin\gamma x' + 2n \cos\gamma z'$$
$$z'' + \left(\frac{N}{l} + \frac{G}{R} - n^2\right)z - (G - n^2 \cos\gamma^2 . R) = \qquad -2n \cos\gamma y'$$

Hierbei ist vorausgesetzt, 1. dafs die Erde ein Rotationsellipsoid ist, das aus homogenen zur Drehungsaxe symmetrischen Schichten besteht, 2. dafs die Anziehung der Erde, G, für jede Phase der Oscillation constant ist, 3. dafs die Erde aufser der Rotation keine Bewegung hat, 4. dafs das Pendel nicht in einem widerstehenden Medium schwingt.

Die Anziehung der Sonne und des übrigen Weltalls ist auf die relative Bewegung ohne Einflufs.

Die Winkelgeschwindigkeit der Erde ist, wenn man die Sternensecunde als Einheit betrachtet, $\qquad n = 0{,}00007123.$

Ihr Quadrat $n^2 = 0{,}000000005074$ kann also nur als verschwindend klein betrachtet werden, wenn es nicht mit Gröfsen von der Ordnung des Erdradius multiplicirt ist. So ist der Werth $n^2 \sin \gamma \cos \gamma R$ am Aequator und an den Polen $= 0$, hat aber bei $45°$ nördlicher resp. südlicher Breite das Maximum oder Minimum $\pm 0{,}128$ Meter. Würde man aber diese Gröfse auch vernachlässigen und der Kürze halber

$$\frac{N}{l} + \frac{G}{R} - n^2 = N$$

$$G - n^2 \cos \gamma^2 R = g \quad \text{setzen,}$$

so bekommen die Bewegungsgleichungen die Form:

$$(1) \quad \begin{cases} x'' + Nx & = & 2n \sin \gamma y' \\ y'' + Ny & = -2n \sin \gamma x' & + 2n \cos \gamma z' \\ z'' + Nz - g = & & -2n \cos \gamma y' \end{cases}$$

zu denen noch die Bedingungsgleichung

$$(2) \qquad x^2 + y^2 + z^2 = l^2 \quad \text{tritt.}$$

Die rechten Seiten dieser Gleichungen können wir als Störungsglieder betrachten und wir wollen zunächst mit Vernachlässigung dieser die Gleichungen integriren, um eine erste Annäherung zu erhalten.

Zur Integration werde nun die Hamilton'sche Methode angewandt.

Die independenten Coordinaten, welche die Bedingungsgleichung (2) überflüssig machen, sind die Polarcoordinaten

$$q_1 = \vartheta \qquad\qquad q_2 = \psi,$$

wenn

$$x = l \sin \vartheta \cos \psi$$
$$y = l \sin \vartheta \sin \psi$$
$$z = l \cos \vartheta$$

die Substitutionsgleichungen sind und l, wie oben, die constante Pendellänge ist.

Nun ist die halbe lebendige Kraft

$$T = \frac{1}{2}(x'^2 + y'^2 + z'^2) = \frac{l^2}{2}(\vartheta'^2 + \sin^2 \vartheta \, \psi'^2).$$

Also kann man setzen

$$p_1 = \frac{\partial T}{\partial \vartheta'} = l^2 \vartheta'$$

$$p_2 = \frac{\partial T}{\partial \psi'} = l^2 \sin^2 \vartheta \, \psi'.$$

Demnach wird
$$T = \frac{1}{2\,l^2}\left(p_1^2 + \frac{p_2^2}{\sin^2 \vartheta}\right).$$

Die Kräftefunction ist im ungestörten System
$$U = gz = gl \cos \vartheta.$$

Die bekannte Gleichung
$$T = U - \alpha \quad \text{(wo } \alpha \text{ eine Constante ist)}$$

wird also

$$\frac{1}{2\,l^2}\left(p_1^2 + \frac{p_2^2}{\sin^2\vartheta}\right) = gl\cos\vartheta - \alpha. \tag{3}$$

Substituirt man hier nun nach der bekannten Methode

$$\frac{\partial W}{\partial \vartheta} \text{ für } p_1$$

und

$$\frac{\partial W}{\partial \psi} \text{ für } p_2,$$

so erhält man die Differentialgleichung

$$\left(\frac{\partial W}{\partial \vartheta}\right)^2 \sin^2\vartheta + \left(\frac{\partial W}{\partial \psi}\right)^2 = 2\,l^3 g \sin^2\vartheta \cos\vartheta - 2\,\alpha\,l^2 \sin^2\vartheta + \beta^2 - \beta^2,$$

eine Gleichung, in der wir noch $\beta^2 - \beta^2$ addirt haben und die dann in die beiden folgenden zerfällt:

$$\sin^2\vartheta\left(\frac{\partial W}{\partial \vartheta}\right)^2 = 2\,l^2 \sin^2\vartheta\,(lg\cos\vartheta - \alpha) - \beta^2$$

$$\left(\frac{\partial W}{\partial \psi}\right)^2 = \beta^2.$$

Die Integration dieser beiden Gleichungen liefert sofort

$$W = \int \frac{\sqrt{l^2 \sin^2\vartheta\,(2\,gl\cos\vartheta - 2\,\alpha) - \beta^2}}{\sin\vartheta}\,d\vartheta \pm \beta\,\psi$$

und die letzten Integralgleichungen sind bekanntlich

$$\alpha' - t = \frac{\partial W}{\partial \alpha} \quad \text{und} \quad \beta' = \frac{\partial W}{\partial \beta} \qquad \text{oder}$$

$$\alpha' - t = \int \frac{-\,l^2 \sin\vartheta\,d\vartheta}{\sqrt{l^2 \sin^2\vartheta\,(2\,gl\cos\vartheta - 2\alpha) - \beta^2}} \qquad \text{und}$$

$$\beta' = \int \frac{-\,\beta\,d\vartheta}{\sin\vartheta\,\sqrt{l^2 \sin^2\vartheta\,(2\,gl\cos\vartheta - 2\,\alpha) - \beta^2}} + \psi$$

oder, wenn man z statt $l\cos\vartheta$ schreibt,

$$t - \alpha' = \int \frac{l\,dz}{\sqrt{(l^2 - z^2)(2\,gz - 2\,\alpha) - \beta^2}} \qquad \text{und} \tag{4}$$

$$\psi - \beta' = \int \frac{-\,\beta\,l\,dz}{(l^2 - z^2)\sqrt{(l^2 - z^2)(2\,gz - 2\alpha) - \beta^2}}, \tag{5}$$

also ein elliptisches Integral erster Gattung und eins dritter Gattung.

α' ist die Anfangszeit, β' der Anfangswerth des Azimuths ψ. Die Constanten α und β als Constanten des Satzes der lebendigen Kraft und des Flächensatzes werden eben aus den Gleichungen

$$l^2 \vartheta'^2 + l^2 \sin^2\vartheta\,\psi'^2 - 2\,gl\cos\vartheta = -2\,\alpha$$

$$l^2 \sin^2\vartheta\,\psi' = \pm\,\beta$$

durch den Anfangszustand des Pendels bestimmt. Bei β ist, da es dasselbe Vorzeichen mit $\psi = \dfrac{d\psi}{dt}$ haben muß, das obere Zeichen zu nehmen, wenn sich das Pendel im entgegengesetzten Sinne des Uhrzeigers bewegt, sonst das untere.

Für das ebene Pendel ist β natürlich $= 0$.

Setzt man nun

(6) $\qquad (l^2 - z^2)(2gz - 2\alpha) - \beta^2 \equiv 2g(a - z)(b - z)(c - z),$

so sind bekanntlich a, b, c reell und wenn $a > b > c$ ist, so ist

$$l > a > 0$$
$$l > b > -l$$
$$-l > c > -\infty.$$

Für $z = a$ befindet sich das Pendel in seinem tiefsten, für $z = b$ in seinem höchsten Punkte und z durchläuft während der Bewegung immer alle reellen Werthe zwischen a und b und nur diese. Aus (6) finden sich noch die Gleichungen

(7) $\qquad \alpha = g(a + b + c)$

$$\beta^2 = 2g\left[(a + b + c)(bc + ca + ab) - abc\right]$$

und die Bedingungsgleichung

(8) $\qquad l^2 = -(bc + ca + ab)$

Da $z = l\cos\vartheta$ ist und α nach den eben gefundenen Gleichungen von der ersten, β^2 von der dritten Dimension in Bezug auf die Pendellänge l ist, so giebt die Gleichung (4) die Zeit als von der $\frac{1}{2}$ten Dimension in l. Man kann also hieraus schon schliefsen, dafs die Schwingungszeiten sich wie die Quadratwurzeln aus den Pendellängen verhalten.

II.

Die Weierstrafs'schen Bezeichnungen für die elliptischen Functionen sollen im Folgenden gebraucht werden. Zu ihrem Verständnifs sei kurz Folgendes erwähnt.

Wenn $S = 4(s - e_1)(s - e_2)(s - e_3) = 4s^3 - g_2 s - g_3$ ist, also auch $e_1 + e_2 + e_3 = 0$, so sind

$$\int_s^\infty \frac{ds}{\sqrt{S}}, \qquad \int_s^\infty \frac{s\,ds}{\sqrt{S}} \quad \text{und} \quad \int_s^\infty \frac{ds}{(s - s_0)\sqrt{S}}$$

die Normalformen der elliptischen Integrale, 1., 2. und 3. Gattung.

$$2\omega = 2\int_{e_1}^\infty \frac{ds}{\sqrt{S}} \quad \text{ist die reelle,}$$

$$2\omega' = 2\int_{e_3}^\infty \frac{ds}{\sqrt{S}} \quad \text{die rein imaginäre Periode,}$$

so dafs $\dfrac{\omega'}{i}$ positiv ist.

Ist $u = \int\limits_s^\infty \dfrac{ds}{\sqrt{S}}$, so ist $s = p(u) = -\dfrac{d^2 \log \sigma(u)}{du^2}$ eine doppelt periodische Function.

Daher ist $\int\limits_s^\infty \dfrac{s\,ds}{\sqrt{S}} = \dfrac{\sigma'(u)}{\sigma(u)}$.

Man setzt $\dfrac{\sigma'(\omega)}{\sigma(\omega)} = \eta$ (reel), $\dfrac{\sigma'(\omega')}{\sigma(\omega')} = \eta'$ (rein imaginär). $\sigma(u)$ ist eine im Endlichen stets endliche Function, die zu Anfang jeden Periodenparallelogramms 0 wird, während ihr erster Differentialquotient dort 1 ist. Schließlich seien noch definirt die graden Functionen:

$$\sigma_1(u) = \frac{e^{-\eta u}\, \sigma(u + \omega)}{\sigma(\omega)}$$

$$\sigma_2(u) = \frac{e^{-(\eta + \eta')u}\, \sigma(u + \omega + \omega')}{\sigma(\omega + \omega')}$$

$$\sigma_3(u) = \frac{e^{-\eta' u}\, \sigma(u + \omega')}{\sigma(\omega')}.$$

Der wesentliche Unterschied der Weierstraſs'schen elliptischen Functionen von den Jakobi'schen ist der, daſs die ersteren von dem Argument und noch zwei Constanten g_2 und g_3 abhängen, jedoch so, daſs Gleichungen von der Form $\sigma(u, g_2, g_3) = m\,\sigma\!\left(\dfrac{u}{m}, m^4 g_2, m^6 g_3\right)$ für jeden Werth von m bestehen, während die letzteren einfach von dem Argument und Modul abhängen.

Zur Transformation der Integrale (4) und (5) auf die Normalform diene die Substitution

$$z = \frac{\alpha}{3g} - s$$

$$a = \frac{\alpha}{3g} - e_3$$

$$b = \frac{\alpha}{3g} - e_2$$

$$c = \frac{\alpha}{3g} - e_1$$

so ist $e_1 > e_2 > e_3$ und $e_1 + e_2 + e_3 = 0$ nach (7); ferner ist

$$a - z = s - e_3$$

$$b - z = s - e_2$$

$$c - z = s - e_1$$

$$\varkappa^2 = \frac{e_2 - e_3}{e_1 - e_3} = \frac{a - b}{a - c}.$$

s durchläuft während der Bewegung die reellen Werthe zwischen e_3 und e_2.

Setzt man auch

(10)
$$\sqrt{\frac{g}{2\,l^2}}\,(t - \alpha') = -\,u,$$

so wird

$$du = \frac{dz}{\sqrt{4\,(a - z)\,(b - z)\,(c - z)}} = \frac{-\,ds}{\sqrt{4\,(s - e_1)\,(s - e_2)\,(s - e_3)}} = \frac{-\,ds}{\sqrt{S}}$$

Hier ist S auch $= 4\,s^3 - g_2\,s - g_3$, wo g_2 und g_3 die Invarianten der ursprünglichen Form (6) $(l^2 - z^2)\,(2\,gz - 2\,\alpha) - \beta^2$ sind, nämlich:

$$g_2 = 4\left(l^2 + \frac{\alpha^2}{3\,g}\right)$$

$$g_3 = 4\left(\frac{\beta^2}{2\,g} + \frac{2\,\alpha}{3\,g} - \frac{2\,\alpha^3}{27\,g^3}\right).$$

Nehmen wir den tiefsten Punkt des Pendels als den Anfangspunkt der Bewegung, so wird dort $z = a$ und $s = e_3$, also ist

(11)
$$u = \int_{s}^{e_3} \frac{ds}{\sqrt{S}} \qquad \text{reel} \qquad\qquad \text{und}$$

$$u + \omega' = \int_{s}^{e_3}\frac{ds}{\sqrt{S}} + \int_{e_3}^{\infty}\frac{ds}{\sqrt{S}} = \int_{s}^{\infty}\frac{ds}{\sqrt{S}} \cdot \qquad \text{Folglich}$$

$$s = p\,(u + \omega') = e_3 + (e_1 - e_3)\,(e_2 - e_3)\,\frac{\sigma^2 u}{\sigma_3^2 u}$$

(12)
$$z = l\cos\vartheta \quad = a - (e_1 - e_3)\,(e_2 - e_3)\,\frac{\sigma^2 u}{\sigma_3^2 u}$$

$$= a - (a - b)\,(a - c)\,\frac{\sigma^2 u}{\sigma_3^2 u}.$$

Ferner ist

$$d\psi = \frac{-\,\beta\,l\,dz}{(l^2 - z^2)\,\sqrt{(l^2 - z^2)\,(2\,gz - 2\,\alpha) - \beta^2}}$$

$$= \frac{\beta\,l\,ds}{\sqrt{\frac{g}{2}\left(l^2 - (\frac{\alpha}{3\,g} - s)^2\right)}\,\sqrt{S}}$$

$$= \frac{\beta}{\sqrt{2\,g}}\left\{\frac{ds}{(l + \frac{\alpha}{3\,g} - s)\,\sqrt{S}} + \frac{ds}{(l - \frac{\alpha}{3\,g} + s)\,\sqrt{S}}\right\}$$

(13)
$$= \frac{\beta}{\sqrt{2\,g}}\left\{\frac{du}{s - (\frac{\alpha}{3\,g} + l)} - \frac{du}{s - (\frac{\alpha}{3\,g} - l)}\right\}$$

wo $s = p\,(u + \omega')$ ist.

Da nun
$$e_1 > \quad l + \frac{\alpha}{3\,g} > \quad e_2$$

und
$$e_3 > -\,l + \frac{\alpha}{3\,g} > -\,\infty \quad \text{ist,}$$

so sind, wenn man

$$\int\limits_{l+\frac{\alpha}{3g}}^{\infty}\frac{ds}{\sqrt{S}} = \omega + ia_1$$

$$\int\limits_{-l+\frac{\alpha}{3g}}^{\infty}\frac{ds}{\sqrt{S}} = ia_2 \quad \text{setzt,} \qquad (14)$$

a_1 und a_2 reelle Größen und man hat

$$l + \frac{\alpha}{3g} = \quad l + \frac{a+b+c}{3} = p(\omega + ia_1)$$

$$-l + \frac{\alpha}{3g} = -l + \frac{a+b+c}{3} = p(ia_2). \qquad (14a)$$

Hieraus folgt

$$l + a = p(\omega + ia_1) - e_3 = \frac{\sigma_3^2(\omega + ia_1)}{\sigma^2(\omega + ia_1)} \ \text{pos.}$$

$$l + b = p(\omega + ia_1) - e_2 = \frac{\sigma_2^2(\omega + ia_1)}{\sigma^2(\omega + ia_1)} \ \text{pos.} \qquad (15)$$

$$l + c = p(\omega + ia_1) - e_1 = \frac{\sigma_1^2(\omega + ia_1)}{\sigma^2(\omega + ia_1)} \ \text{neg.}$$

$$-l + a = p(ia_2) \quad - e_3 = \frac{\sigma_3^2(ia_2)}{\sigma^2(ia_2)} \quad \text{neg.}$$

$$-l + b = p(ia_2) \quad - e_2 = \frac{\sigma_2^2(ia_2)}{\sigma^2(ia_2)} \quad \text{neg.} \qquad (16)$$

$$-l + c = p(ia_2) \quad - e_1 = \frac{\sigma_1^2(ia_2)}{\sigma^2(ia_2)} \quad \text{neg.}$$

Ziehen wir hier die Wurzeln aus und bestimmen die Vorzeichen so, daß die elliptischen Functionen, die wir schließlich rechts erhalten, dieselben Vorzeichen haben wie $\pm\beta$, so ist nach (15)

$$\pm\sqrt{l+a} = \frac{\sigma_3(\omega + ia_1)}{\sigma(\omega, + ia_1)} = \quad \sqrt{(e_1 - e_3)}\,\frac{\sigma_2(ia_1)}{\sigma_1(ia_1)}$$

$$\pm\sqrt{l+b} = \frac{\sigma_2(\omega + ia_1)}{\sigma(\omega + ia_1)} = \quad \sqrt{(e_1 - e_2)}\,\frac{\sigma_3(ia_1)}{\sigma_1(ia_1)} \qquad (15a)$$

$$\mp\sqrt{l+c} = \frac{\sigma_1(\omega + ia_1)}{\sigma(\omega + ia_1)} = -\sqrt{(e_1 - e_2)\,e_1 - e_3}\,\frac{\sigma(ia_1)}{\sigma_1(ia_1)}$$

Ebenso findet sich aus (16):

$$\pm i\sqrt{l-a} = \frac{\sigma_3(ia_2)}{\sigma(ia_2)}$$

$$\pm i\sqrt{l-b} = \frac{\sigma_2(ia_2)}{\sigma(ia_2)} \qquad (16a)$$

$$\pm i\sqrt{l-c} = \frac{\sigma_1(ia_2)}{\sigma(ia_2)}$$

Setzt man in der Gleichung (6) $z = -l$, so wird

$$\frac{\beta}{\sqrt{2\,g}} = \pm\,\sqrt{-(a+l)\,(b+l)\,(c+l)}\,;\ \text{dies ist nach (15a)}$$

$$= -\,i\,\frac{\sigma_1\,(\omega+ia_1)\,\sigma_2\,(\omega+ia_1)\,\sigma_3\,(\omega+ia_1)}{\sigma^3\,(\omega+ia_1)}$$

$$= -\,\frac{1}{2\,i}\,p'\,(\omega+ia_1)$$

Ebenso liefert (6) für $z = l$

$$\frac{\beta}{\sqrt{2\,g}} = \pm\,\sqrt{(l-a)\,(l-b)\,(l-c)}\quad \text{oder nach (16a)}$$

$$= i\,\frac{\sigma_1\,(ia_2)\,\sigma_2\,(ia_2)\,\sigma_3\,(ia_2)}{\sigma^3\,(ia_2)}$$

$$= \frac{1}{2\,i}\,p'\,(ia_2)\,;$$

so dafs also die Relation

$$p'\,(\omega+ia_1) + p'\,(ia_2) = 0\ \text{besteht.}$$

Substituirt man die für $\dfrac{\beta}{\sqrt{2\,g}}$ gefundenen Werthe in (13), so ist

$$(17)\qquad \psi - \beta = \frac{i}{2}\int_s^{e_2}\frac{p'\,(\omega+ia_1)\,ds}{(p\,(u+\omega')-p\,(\omega+ia_1))\,\sqrt{S}} + \frac{i}{2}\int_s^{e_1}\frac{p'\,(ia_2)\,ds}{(p\,(u+\omega')-p\,(ia_2))\,\sqrt{S}}$$

$$= iu\left(\frac{\sigma'\,(\omega+ia_1)}{\sigma\,(\omega+ia_1)} + \frac{\sigma'\,(ia_2)}{\sigma\,(ia_2)}\right) + \frac{1}{2\,i}\,log\,\frac{\sigma_3\,(u+\omega+ia_1)\,\sigma_3\,(u+ia_2)}{\sigma_3\,(u-\omega-ia_1)\,\sigma_3\,(u-ia_2)}$$

Oder

$$(18)\qquad \psi - \beta = iu\left(\frac{\sigma_1'\,(ia_1)}{\sigma_1\,(ia_1)} + \frac{\sigma'\,(ia_2)}{\sigma\,(ia_2)}\right) + \frac{1}{2\,i}\,log\,\frac{\sigma_2\,(u+ia_1)\,\sigma_3\,(u+ia_2)}{\sigma_2\,(u-ia_1)\,\sigma_3\,(u-ia_2)}\,.$$

z und ψ sind also durch die Gleichnngen (12) und (18) als (elliptische) Functionen von u, welches der Zeit proportional ist, dargestellt. Es lassen sich auch leicht die trigonometrischen Functionen von ϑ und ψ durch elliptische Functionen von u ausdrücken.

Es ist nämlich nach (12)

$$l\cos\vartheta = a - (e_1 - e_3)\,(e_2 - e_3)\,\frac{\sigma^2\,u}{\sigma_3^2\,u}\,.$$

Also mit Rücksicht auf (15a) und (16) ist

$$l + l\cos\vartheta = (l + a)\left(1 - (e_2 - e_3)\,\frac{\sigma_1^2\,(ia_1)}{\sigma_2^2\,(ia_1)}\,\frac{\sigma^2\,u}{\sigma_3^2\,u}\right)$$

$$l - l\cos\vartheta = (l - a)\left(1 - (e_1 - e_3)\,(e_2 - e_3)\,\frac{\sigma^3\,(ia_1)}{\sigma_3^2\,(ia_1)}\,\frac{\sigma^2\,u}{\sigma_3^2\,u}\right)$$

Mit Hülfe des Additionstheorems der σ-Functionen folgt hieraus

$$l + l\cos\vartheta = (l + a)\,\frac{\sigma_2\,(u+ia_1)\,\sigma_2\,(u-ia_1)}{\sigma_3^2\,(ia_1)\,\sigma_3^2\,(u)} = (e_1 - e_3)\,\frac{\sigma_2\,(u+ia_1)\,\sigma_2\,(u-ia_1)}{\sigma_1^2\,(ia_1)\,\sigma_3^2\,u}$$

$$l - l\cos\vartheta = (l - a)\,\frac{\sigma_3\,(u+ia_2)\,\sigma_3\,(u-ia_2)}{\sigma_3^2\,(ia_2)\,\sigma_3^2\,(u)} = -\,\frac{\sigma_3\,(u+ia_2)\,\sigma_3\,(u-ia_2)}{\sigma^3\,(ia_2)\,\sigma_3^2\,u}\,.$$

Setzt man nun zur Abkürzung

$$Q^2 = \sigma_2(u + ia_1)\,\sigma_2(u - ia_1)\,\sigma_3(u + ia_2)\,\sigma_3(u - ia_2),$$

so folgt durch Multiplication der beiden letzten Gleichungen:

$$l^2 \sin^2 \vartheta = \frac{-(e_1 - e_3)\,Q^2}{\sigma_1^2(ia_1)\,\sigma^2(ia_2)\,\sigma_3^4(u)}, \qquad \text{also}$$

$$l \sin \vartheta = \frac{\pm i\,\sqrt{e_1 - e_3}\,Q}{\sigma_1(ia_1)\,\sigma\,ia_2\,\sigma_3^2\,u}, \tag{19}$$

welches dasselbe Vorzeichen hat wie $\pm \beta$.

Durch Subtraction und Addition der beiden Gleichungen kann man auch eine zweite Darstellung von $l \cos \vartheta$ oder z und eine in u identische Gleichung für l erhalten, die wir im Folgenden aber nicht brauchen werden.

In der Gleichung (18) setzen wir

$$\beta' + i\,u\left(\frac{\sigma_1'\,ia_1}{\sigma_1\,ia_1} + \frac{\sigma'\,ia_2}{\sigma\,ia_2}\right) = v \ \text{(eine reelle Größe) und} \ \frac{\sigma_2(u + ia_1)\,\sigma_3(u + ia_2)}{\sigma_2(u - ia_1)\,\sigma_3(u - ia_2)} = e^{2iL},$$

so ist

$$\psi = v + L \tag{18}$$

$$\text{und} \quad \cos \psi = \cos v \cos L - \sin v \sin L$$

$$\sin \psi = \sin v \cos L + \cos v \sin L.$$

Ferner findet man durch Trennung der reellen und imaginären Theile von e^{2iL}

$$2\ Q \cos L = \sigma_2(u + ia_1)\,\sigma_3(u + ia_2) + \sigma_2(u - ia_1)\,\sigma_3(u - ia_2)$$

$$2\,i\,Q \sin L = \sigma_2(u + ia_1)\,\sigma_3(u + ia_2) - \sigma_2(u - ia_1)\,\sigma_3(u - ia_2),$$

und wenn man die Werthe von $\cos L$ und $\sin L$ in die vorhergehenden Gleichungen einsetzt, erhält man schließlich

$$2\ Q \cos \psi = e^{vi}\,\sigma_2(u + ia_1)\,\sigma_3(u + ia_2) + e^{-vi}\,\sigma_2(u - ia_1)\,\sigma_3(u - ia_2) \tag{20}$$

$$2\,i\,Q \sin \psi = e^{vi}\,\sigma_2(u + ia_1)\,\sigma_3(u + ia_2) - e^{-vi}\,\sigma_2(u - ia_1)\,\sigma_3(u - ia_2).$$

III.

Berücksichtigen wir nun auch die störenden Kräfte. Dieselben sind hier nicht partielle Differentialquotienten einer Störungsfunction. In unserem Falle existirt also keine Störungsfunction. Rechnen wir für jetzt die störenden Kräfte mit zu den bewegenden Kräften, so existirt demnach auch keine allgemeine Kräftefunction.

In diesem Falle kann man die Bewegungsgleichungen nach Jacobi's Dynamik, Vorl. 9, (9) schreiben:

$$\frac{dq_1}{dt} = \frac{dT}{dp_1}, \quad \frac{dp_1}{dt} = -\frac{dT}{dq_1} + Q_1$$

$$\frac{dq_2}{dt} = \frac{dT}{dp_2}, \quad \frac{dp_2}{dt} = -\frac{dT}{dq_2} + Q_2$$

wo

$$Q_1 = X \frac{dx}{dq_1} + Y \frac{dy}{dq_1} + Z \frac{dz}{dq_1}$$

$$Q_2 = X \frac{dx}{dq_2} + Y \frac{dy}{dq_2} + Z \frac{dz}{dq_2} \quad \text{ist.}$$

In unserem Falle ist

$$q_1 = \vartheta \qquad\qquad p_1 = l^2 \vartheta'$$

$$q_2 = \psi \qquad\qquad p_2 = l^2 \sin^2 \vartheta \, \psi'$$

$$T = \frac{l^2}{2}(\vartheta'^2 + \sin^2 \vartheta \, \psi'^2) = \frac{1}{2\,l^2}\Big(p_1^2 + \frac{p_2^2}{\sin^2 q_1}\Big)$$

und die Kräftecomponenten sind

$$X = \quad - Nx \qquad\qquad + 2\,n \sin \gamma \, y'$$

$$Y = \quad - Ny \qquad\quad - 2\,n \sin \gamma \, x' + 2\,n \cos \gamma \, z'$$

$$Z = \quad - Nz + g \qquad\qquad\quad - 2\,n \cos \gamma \, y'.$$

Die Componenten der störenden Kräfte

$$\Omega_x = \quad 2\,n \sin \gamma \, y'$$

$$\Omega_y = - 2\,n \sin \gamma \, x' + 2\,n \cos \gamma \, z'$$

$$\Omega_z = \qquad\qquad - 2\,n \cos \gamma \, y'$$

kann man sich nun zerlegt denken in drei auf einander senkrechte Kräfte, die in der
Richtung der Polarcoordinaten wirken, und zwar 1. in eine Kraft Ω_r, die senkrecht auf
die Kugeloberfläche wirkt und durch die Bedingung, daſs der Punkt auf der Kugelfläche
bleiben muſs, zerstört wird; 2. in eine Kraft Ω_ϑ, welche tangential im Meridian der Kugelfläche wirkt; 3. in eine Kraft Ω_ψ, welche in der Richtung der Tangenten am Parallel-
kreise wirkt.

Nach dem Satz der Zerlegung der Componenten ist nun

$$\Omega_\vartheta = \Omega_x \frac{dx}{d\vartheta} + \Omega_y \frac{dy}{d\vartheta} + \Omega_z \frac{dz}{d\vartheta}$$

$$\Omega_\psi = \Omega_x \frac{dx}{d\psi} + \Omega_y \frac{dy}{d\psi} + \Omega_z \frac{dz}{d\psi}$$

Setzt man hier die obigen Werthe von Ω_x, Ω_y, Ω_z ein und differentiirt die Substitutionsgleichungen:

$$x = l \sin \vartheta \cos \psi$$

$$y = l \sin \vartheta \sin \psi$$

$$z = l \cos \vartheta,$$

so erhält man leicht

$$\Omega_\vartheta = \quad 2\,n\,l^2 \sin \vartheta \, (\sin \gamma \cos \vartheta + \cos \gamma \sin \vartheta \cos \psi) \frac{d\psi}{dt}$$

$$\Omega_\psi = - 2\,n\,l^2 \sin \vartheta \, (\sin \gamma \cos \vartheta + \cos \gamma \sin \vartheta \cos \psi) \frac{d\vartheta}{dt}$$

Die Bewegungsgleichungen, die zu Anfang dieses Abschnittes sich finden, kann man
nun, wenn man ϑ und ψ statt q_1 und q_2 setzt und in Q_1 und Q_2 die störenden Kräfte
von den übrigen Kräften trennt, folgendermaſsen schreiben:

$$\frac{d\vartheta}{dt} = \frac{\partial T}{\partial p_1} \text{ d. i.} = \frac{p_1}{l^2}, \qquad \frac{dp_1}{dt} = -\frac{\partial(T-U)}{\partial \vartheta} + \Omega_\vartheta$$

$$\frac{d\psi}{dt} = \frac{\partial T}{\partial p_2} \text{ d. i.} = \frac{p_2}{l^2 \sin^2 \vartheta}, \qquad \frac{dp_2}{dt} = -\frac{\partial(T-U)}{\partial \psi} + \Omega_\psi,$$

wo Ω_ϑ und Ω_ψ die zuletzt berechneten Gröfsen sind. Die beiden Gleichungen links sind keine anderen als diejenigen, welche oben p_1 und p_2 definirten.

Nun ist
$$-\alpha = T - U,$$

also
$$-\frac{d\alpha}{dt} = \frac{\partial(T-U)}{\partial \vartheta}\frac{d\vartheta}{dt} + \frac{\partial(T-U)}{\partial \psi}\frac{d\psi}{dt} + \frac{\partial(T-U)}{\partial p_1}\frac{dp_1}{dt} + \frac{\partial(T-U)}{\partial p_2}\frac{dp_2}{dt}.$$

Setzen wir hier nun die Werthe von $\dfrac{d\vartheta}{dt}$, $\dfrac{d\psi}{dt}$, $\dfrac{dp_1}{dt}$, $\dfrac{dp_2}{dt}$ aus den letzten Gleichungen ein, so wird, wenn man berücksichtigt, dafs $\dfrac{\partial T}{\partial p_1} = \dfrac{\partial(T-U)}{\partial p_1}$ und $\dfrac{\partial T}{\partial p_2} = \dfrac{\partial(T-U)}{\partial p_2}$ ist, die Gleichung sich vereinfachen in

$$-\frac{d\alpha}{dt} = \frac{\partial T}{\partial p_1}\Omega_\vartheta + \frac{\partial T}{\partial p_2}\Omega_\psi$$

$$= \frac{p_1}{l^2}\Omega_\vartheta + \frac{p_2}{l^2 \sin^2 \vartheta}\Omega_\psi$$

$$= \Omega_\vartheta \frac{d\vartheta}{dt} + \Omega_\psi \frac{d\psi}{dt}.$$

Dies ist aber vermöge der gefundenen Werthe von Ω_ϑ und Ω_ψ identisch $\equiv 0$.

Man hat also $-\dfrac{d\alpha}{dt} = 0$. Also ist α auch in dem gestörten System constant, d. h. der Satz von der Erhaltung der lebendigen Kraft gilt auch für das gestörte System.

Oder die lebendige Kraft ist gleich der Kräftefunction vermehrt um eine Constante α; und da die Kräftefunction $lg \cos \vartheta$ ist, kann man sagen:

Die lebendige Kraft, also auch die Geschwindigkeit, ist nur vom Ausschlagswinkel ϑ abhängig, vom Azimuth ψ aber unabhängig.

Natürlich gilt dies nur, weil der Luftwiderstand unberücksichtigt gelassen ist.

Ferner war das erste Integral des Flächensatzes
$$\beta = l^2 \sin^2 \vartheta \, \psi' \qquad\qquad \text{oder}$$
$$\beta = p_2$$

Also
$$\frac{d\beta}{dt} = \frac{dp_2}{dt}$$

$$= -\frac{\partial(T-U)}{\partial \psi} + \Omega_\psi$$

$$= \Omega_\psi, \quad \text{da } \psi \text{ in } T - U \text{ nicht vorkommt.}$$

Setzen wir in die Gleichung
$$\frac{d\beta}{dt} = \Omega_\psi$$

den gefundenen Werth von Ω_ψ ein, so ist

$$(21) \qquad \frac{d\beta}{dt} = -2\,n\,(\sin\gamma\,l\cos\vartheta + \cos\gamma\,l\sin\vartheta\cos\psi)\,l\sin\vartheta\,\frac{d\vartheta}{dt}.$$

Der erste Theil $-2\,n\sin\gamma\,l^2\cos\vartheta\sin\vartheta\,\dfrac{d\vartheta}{dt}$ läfst sich sofort integriren und giebt

$$n\sin\gamma\,l^2\cos^2\vartheta + \text{Constans}.$$

Um den zweiten zu erhalten, haben wir durch Differentiation von (12):

$$(22) \quad \left\{ \begin{aligned} & -2\,n\,l\sin\vartheta\,\frac{d\vartheta}{dt} = 4\,n\,(e_1 - e_3)\,(e_2 - e_3)\,\frac{\sigma u\,\sigma_1 u\,\sigma_2 u}{\sigma_3^2\,u}\,\frac{du}{dt} \\[4pt] & \text{Dieses ist mit} \\[2pt] & l\sin\vartheta = \frac{\pm\,i\,\sqrt{e_1 - e_3}\;Q}{\sigma_1\,(ia_1)\,\sigma\,(ia_2)\,\sigma_3^2\,(u)} \\[4pt] & \cos\psi = \frac{1}{2\,Q}\left(e^{vi}\,\sigma_2\,(u + ia_1)\,\sigma_3\,(u + ia_2) + e^{-vi}\,\sigma_2\,(u - ia_1)\,\sigma_3\,(u - ia_2)\right) \end{aligned} \right.$$

$\qquad$ und mit

zu multipliciren und rechts sind für die Constanten die Werthe zu setzen, die sie im ungestörten Systeme haben.

IV.

Es ist hier nun unsere Aufgabe, den Fall näher zu untersuchen, in dem das Pendel wie beim Foucault'schen Pendelversuch nahezu in einer Ebene schwingt und nur durch die Störungen wenig aus derselben entfernt wird.

Für diesen Fall ist in erster Annäherung $\dfrac{d\psi}{dt}$ also auch β (die Constante des Flächensatzes) $= 0$ und genauer eine unendlich kleine Gröfse von der Ordnung der störenden Kräfte; daher können wir die Wurzeln der Gleichung

$$(l^2 - z^2)\,(2\,g\,z - 2\,a) - \beta^2 \equiv 2\,g\,(a - z)\,(b - z)\,(c - z) = 0$$

nach den ersten steigenden positiven Potenzen von β entwickeln.

Da nun für $\beta = 0$ die Wurzeln

$$a = l$$
$$b = \frac{\alpha}{g}$$
$$c = -l$$

sind, so kann man, da nur β^2 (nicht β selbst) in der Gleichung vorkommt, die Wurzeln mit den unbestimmten Coefficienten c_1, c_2, c_3 bis auf die Glieder zweiter Ordnung in der Form

$$a = l \quad + c_1\,\beta^2$$
$$b = \frac{\alpha}{g} \quad + c_2\,\beta^2$$
$$c = -l + c_3\,\beta^2$$

ansetzen.

Dann liefert die Vergleichung des Coefficienten von β^2 in der Gleichung

$$-(l^2-z^2)\left(z-\frac{\alpha}{g}\right)+\frac{\beta^2}{2g} \equiv (z-l-c_1\beta^2)\left(z-\frac{\alpha}{g}-c_2\beta^2\right)(z+l-c_3\beta^2)$$

eine Gleichung, die in z identisch sein muß, also in drei Gleichungen zerfällt, aus denen c_1, c_2 und c_3 sich linear bestimmen lassen. So erhält man die Wurzeln:

$$\left. \begin{aligned} a &= l \quad - \frac{\beta^2}{4\,l\,(gl-\alpha)} \\ b &= \frac{\alpha}{g} \quad + \frac{2\,gl\,\beta^2}{4\,l\,(gl+\alpha)\,(gl-\alpha)} \\ c &= -l- \frac{\beta^2}{4\,l\,(gl+\alpha)} \end{aligned} \right\} \tag{23}$$

Hieraus folgt nach (9)

$$\left. \begin{aligned} e_1 &= \quad\frac{3\,gl+\alpha}{3\,g} \quad + \frac{\beta^2}{4\,l\,(gl+\alpha)} \\ e_2 &= -\frac{2\,\alpha}{3\,g} \quad - \frac{2\,gl\,\beta^2}{4\,l\,(gl+\alpha)\,(gl-\alpha)} \\ e_3 &= \quad\frac{-3\,gl+\alpha}{3\,g} + \frac{\beta^2}{4\,l\,(gl-\alpha)} \end{aligned} \right\} \tag{24}$$

und

$$\left. \begin{aligned} e_1-e_3 &= 2\,l \quad - \frac{2\,\alpha\,\beta^2}{4\,l\,(g^2\,l^2-\alpha^2)} \\ e_2-e_3 &= \frac{gl-\alpha}{g} - \frac{(3\,gl+\alpha)\,\beta^2}{4\,l\,(g^2\,l^2-\alpha^2)} \\ e_1-e_2 &= \frac{gl+\alpha}{g} + \frac{(3\,gl-\alpha)\,\beta^2}{4\,l\,(g^2\,l^2-\alpha^2)} \end{aligned} \right\} \tag{25}$$

Die dritte Gleichung (15a) liefert nun mit Rücksicht auf (23) und (25)

$$\mp\sqrt{\frac{-\beta^2}{4\,l(gl+\alpha)}} = - \sqrt{(e_1-e_2)\,(e_1-e_3)}\,\frac{\sigma\,(ia_1)}{\sigma_1\,(ia_1)}$$

$$= - \sqrt{\frac{2\,l\,(gl+\alpha)}{g}+\cdots}\,\frac{\sigma\,ia_1}{\sigma_1\,ia_1}\,.$$

Also ist $\dfrac{\sigma\,ia_1}{\sigma_1\,ia_1} = ia_1 + \cdots$ (höhere Potenzen von ia_1) in der ersten Annäherung Null, und zwar findet man

$$a_1 = \pm\,\frac{g}{2\,l\,(gl+\alpha)}\cdot\frac{\beta}{\sqrt{2\,g}}\,. \tag{26}$$

Ebenso liefert die erste Gleichung von (16a) die Relation

$$\pm\,i\sqrt{\frac{\beta^2}{4\,l\,(gl-\alpha)}} = \frac{\sigma_3\,(ia_2)}{\sigma\,(ia_2)}\,.$$

Daher ist $\dfrac{\sigma\,ia_2}{\sigma_3\,ia_2}$ in der ersten Annäherung ∞ und ia_2 also nahezu $= \pm\,\omega'$ (abgesehen von ganzen Perioden). Setzt man daher

$$ia_2 = \pm\,\omega' + \delta\,ia_2,$$

so findet man leicht mit Hülfe bekannter Formeln

$$\frac{\sigma_3(ia_2)}{\sigma(ia_2)} = \frac{\sigma_3(\omega' + \delta\, ia_2)}{\sigma_3(\omega' + \delta\, ia_2)} = \sqrt{(e_1 - e_3)(e_2 - e_3)}\;\frac{\sigma(\delta\, ia_2)}{\sigma_3(\delta\, ia_2)}.$$

Also ist

$$\pm\frac{\beta}{2\sqrt{l(gl-a)}} = \sqrt{(e_1 - e_3)(e_2 - e_3)}\;(\delta\, a_2 + \cdots),$$

woraus sich mit Hülfe von (25) $\delta\, a_2$ findet, so daſs

$$(27)\qquad a_2 = \pm\left(\frac{\omega'}{i} + \frac{g}{2\,l\,(lg - \alpha)}\cdot\frac{\beta}{\sqrt{2\,g}}\right)\ \text{ist.}$$

Schlieſslich findet man noch

$$
\begin{aligned}
v &= \beta' + iu\left(\frac{\sigma_1'(ia_2)}{\sigma_1(ia_2)} + \frac{\sigma'(ia_2)}{\sigma(ia_2)}\right)\\[4pt]
(28)\qquad &= \beta' \pm iu\,\eta' + u\,(e_1\,\delta\, a_1 + e_3\,\delta\, a_2)\\[4pt]
&= \beta' \pm iu\,\eta' \pm \frac{u\sqrt{2\,g}\;\alpha\beta}{3\,(g^2\,l^2 - \alpha^2)}
\end{aligned}
$$

denn

$$
\begin{aligned}
\frac{\sigma_1'(ia_1)}{\sigma_1(ia_1)} &= \frac{\sigma_1'(0)}{\sigma_1(0)} = 0\\[4pt]
\frac{\sigma'(ia_2)}{\sigma(ia_2)} &= \pm\frac{\sigma'\,\omega'}{\sigma\,\omega'} = \pm\,\eta'\\[4pt]
\frac{d}{d\,ia_1}\cdot\frac{\sigma_1'(ia_1)}{\sigma_1(ia_1)} &= -\,p\,(ia_1 + \omega) = -\,p\,(\omega) = -\,e_1\\[4pt]
\frac{d}{d\,ia_2}\cdot\frac{\sigma'(ia_2)}{\sigma(ia_2)} &= -\,p\,(ia_2) = -\,p\,(\omega') = -\,e_3\cdot-
\end{aligned}
$$

Wir haben nun die Gleichungen (22) mit einander zu multipliciren und zu reduciren. Zu letzterem Zwecke dienen die folgenden Gleichungen:

$$\frac{\sigma_3(u \pm ia_2)}{\sigma\,ia_2} = \frac{\sigma_3(u \pm \omega')}{\sigma\,\omega'} = \frac{\pm\,i\sqrt{(e_1 - e_3)(e_2 - e_3)}\;e^{\pm\eta'u + \frac{\eta'\omega'}{2}}}{\sigma\,\omega'}\;\sigma u$$

Da nun aber

$$\frac{e^{\frac{\eta'\omega'}{2}}}{\sigma\,\omega'} = -\,i\sqrt{(e_1 - e_3)(e_2 - e_3)}\quad\text{ist,}$$

so ist

$$\frac{\sigma_3(u \pm ia_2)}{\sigma\,ia_2} = \pm\sqrt{(e_1 - e_3)(e_2 - e_3)}\;e^{\pm\eta'u}\,\sigma u.$$

Hier bezieht sich das doppelte Vorzeichen aber nicht, wie sonst, auf die rechts oder links drehende Bewegung des Pendels, sondern ist zur Abkürzung gebraucht, um die Gleichungen zusammenzufassen, die für beide Theile der dritten Gleichung (22) nöthig sind. Auſserdem muſs man sich hier ω' und η' mit dem gewöhnlichen doppelten Vorzeichen denken.

Da nun ferner in erster Annäherung

$$\sigma_1(ia_2) = \sigma_1(o) = 1$$

und

$$\sigma_2(u + ia_1) = \sigma_2(u - ia_1) = \sigma_2 u\quad\text{ist,}$$

so folgt aus (22)

$$l \sin \vartheta \cos \psi = \pm i \sqrt{e_2 - e_3}\,(e_1 - e_3)\, \frac{e^{vi \pm \eta' u} - e^{-vi \mp \eta' u}}{2}\, \frac{\sigma u\, \sigma_2 u}{\sigma_3^2 u}$$

oder mit Rücksicht auf (28)

$$l \sin \vartheta \cos \psi = \mp \sin \left(\beta' + u (e_1\, \delta a_1 + e_3\, \delta a_2)\right) \sqrt{e_2 - e_3}\,(e_1 - e_3)\, \frac{\sigma u\, \sigma_2 u}{\sigma_3^2 u}.$$

Sei nun $\qquad \beta' \pm \dfrac{\pi}{2} + u (e_1\, \delta a_1 + e_3\, \delta a_2) \qquad$ oder, was dasselbe ist,

$$\beta' \pm \frac{\pi}{2} + \frac{u \sqrt{2\,g}\; \alpha \beta}{3\,(g^2 l^2 - \alpha^2)} = \psi_1 , \qquad (29)$$

so ist, da für $\psi = \beta'$ das Pendel im tiefsten Punkt sich befindet, dasselbe für $\psi = \psi_1$ in dem höchsten Punkt.

Auch ist dann $\qquad \mp \sin (\beta' + u\, e_1\, \delta a_1 + u\, e_3\, \delta a_2) = \cos \psi_1 .$

Also $\qquad l \sin \vartheta \cos \psi = \cos \psi_1 \sqrt{(e_2 - e_3)} \cdot (e_1 - e_3)\, \dfrac{\sigma u\, \sigma_2 u}{\sigma_3^2 u} .$

Also läfst sich schliefslich (22) zusammenfassen in

$$- 2\, n\, l^2 \sin^2 \vartheta \cos \psi \frac{d\vartheta}{dt} = n \cos \psi_1 \cdot F \cdot \frac{du}{dt} , \qquad (30)$$

wo F den Ausdruck

$$F = 4\,(e_1 - e_3)^2\,(e_2 - e_3)\, \sqrt{(e_2 - e_3}\, \frac{\sigma_1 u\, \sigma^2 u\, \sigma_3^2 u}{\sigma_3^5 u} \qquad (31)$$

bedeutet.

F ist hier als ganze rationale und zwar ungrade Function von $\dfrac{\sigma_1 u}{\sigma_3 u}$ darstellbar und kann daher, wie wir sehen werden, durch eine Summe von $\dfrac{\sigma_1 u}{\sigma_3 u}$ und von seinen graden Differentialquotienten ausgedrückt werden. Diese Eigenschaft von F mufs uns die Möglichkeit der Integration liefern.

Es ist nämlich

$$(e_1 - e_3)\, \frac{\sigma^2 u}{\sigma_3^2 u} = 1 - \frac{\sigma_1^2 u}{\sigma_3^2 u}$$

$$(e_1 - e_3)\, \frac{\sigma_2^2 u}{\sigma_3^2 u} = e_1 - e_3 - (e_2 - e_3) + (e_1 - e_3)\, \frac{\sigma_1^2 u}{\sigma_3^2 u} .$$

Also ist, wenn man dies in (31) einsetzt:

$$F = 4\,(e_2 - e_3) \sqrt{e_2 - e_3}\, \left[\left(e_1 - e_3 - (e_2 - e_3)\right) \frac{\sigma_1 u}{\sigma_3 u} + \left(- (e_1 - e_3) + 2\,(e_2 - e_3)\right) \frac{\sigma_1^3 u}{\sigma_3^3 u} \right.$$

$$\left. - (e_2 - e_3)\, \frac{\sigma_1^5 u}{\sigma_3^5 u} \right] . \qquad (32)$$

Also ist F in (32) als ganze rationale Function von $\dfrac{\sigma_1 u}{\sigma_3 u}$ ausgedrückt.

Ferner läfst sich leicht finden:

$$\frac{d^2}{du^2}\cdot\frac{\sigma_1 u}{\sigma_3 u}=\frac{\sigma_1 u}{\sigma_3 u}\left(-(e_1-e_3)+2(e_2-e_3)-2(e_2-e_3)\frac{\sigma_3^2 u}{\sigma_3^2 u}\right)$$

$$\frac{d^4}{du^4}\cdot\frac{\sigma_1 u}{\sigma_3 u}=\left((e_1-e_3)^2-16(e_1-e_3)(e_2-e_3)+16(e_2-e_3)^2\right)\frac{\sigma_1 u}{\sigma_3 u}$$

$$+20(e_2-e_3)\left(e_1-e_3-2(e_2-e_3)\right)\frac{\sigma_3^2 u}{\sigma_3^2 u}+24(e_2-e_3)^2\frac{\sigma_1^2 u}{\sigma_3^4 u}$$

Daher ist F in folgender Art darstellbar:

$$(33)\quad 6\,F=-\sqrt{e_2-e_3}\left[\frac{d^4}{du^4}\frac{\sigma_1 u}{\sigma_3 u}+\left(-2(e_1-e_3)+4(e_2-e_3)\right)\frac{d^2}{du^2}\frac{\sigma_1 u}{\sigma_3 u}-3(e_1-e_3)^2\frac{\sigma_1 u}{\sigma_3 u}\right]$$

d. h. F ist durch eine Summe von $\dfrac{\sigma_1 u}{\sigma_3 u}$ und dessen geraden Ableitungen ausgedrückt.

Da nun $\qquad\qquad\qquad \sigma_2^2 u-\sigma_3^2 u+(e_1-e_3)\sigma^2 u=0\quad$ ist,

und $\qquad\qquad\qquad\qquad\qquad \dfrac{d}{du}\cdot\dfrac{\sigma u}{\sigma_3 u}=\dfrac{\sigma_1 u\,\sigma_2 u}{\sigma_3^2 u},$

so findet sich

$$\int\sqrt{e_2-e_3}\,\frac{\sigma_1 u}{\sigma_3 u}\,du=\arcsin\left(\sqrt{e_2-e_3}\,\frac{\sigma u}{\sigma_3 u}\right)+\text{Constans.}$$

Daher ist, wenn man dies und die in (25) gefundenen Werthe in (33) einsetzt,

$$(34)\quad 6\int F\frac{du}{dt}\,dt=-\sqrt{l-\frac{\alpha}{g}}\,\frac{d^3}{du^3}\cdot\frac{\sigma_1 u}{\sigma_3 u}+\frac{4\alpha}{g}\sqrt{l-\frac{\alpha}{g}}\,\frac{d}{du}\cdot\frac{\sigma_1 u}{\sigma_3 u}$$

$$+12\,l^2\arcsin\left(\sqrt{l-\frac{\alpha}{g}}\,\frac{\sigma u}{\sigma_3 u}\right),$$

abgesehen von der noch zu bestimmenden Integrationsconstante.

Hier ist

$$\frac{d^3}{du^3}\frac{\sigma_1 u}{\sigma_3 u}=-(e_1-e_3)\frac{\sigma u\,\sigma_2 u}{\sigma_3^2 u}\left(5(e_1-e_3)-4(e_2-e_3)-6(e_1-e_3)\frac{\sigma_3^2 u}{\sigma_3^2 u}\right)$$

$$=-2\,l\frac{\sigma u\,\sigma_2 u}{\sigma_3^2 u}\left(10\,l-4\,l+\frac{4a}{g}-12\,l\frac{\sigma_3^2 u}{\sigma_3^2 u}\right)$$

und

$$\frac{d}{du}\cdot\frac{\sigma_1 u}{\sigma_3 u}=-(e_1-e_3)\frac{\sigma u\,\sigma_2 u}{\sigma_3^2 u}=-2\,l\frac{\sigma u\,\sigma_2 u}{\sigma_3^2 u},$$

wie man dies durch einfaches Differentiiren findet.

Dies giebt in (34) eingesetzt, mit Rücksicht auf (30) und (21), den Werth von β oder $l^2\sin^2\vartheta\,\psi'$ abgesehen von einer Constanten:

$$(35)\quad\begin{cases}\beta=\qquad\qquad\qquad n\sin\gamma\left(l-2\,l\left(l-\frac{\alpha}{g}\right)\frac{\sigma^2 u}{\sigma_3^2 u}\right)\\[2ex]\qquad+n\cos\gamma\cos\psi_1\left[2\,l\sqrt{l-\frac{\alpha}{g}}\,\frac{\sigma u\,\sigma_2 u}{\sigma_3^2 u}\left(l-2\,l\frac{\sigma_3^2 u}{\sigma_3^2 u}\right)+2\,l^2\arcsin\left(\sqrt{l-\frac{\alpha}{g}}\,\frac{\sigma u}{\sigma_3 u}\right)\right]\end{cases}$$

Für $\qquad\qquad\qquad u=0,\ \ \omega,\ \ 2\,\omega,\ \ 3\,\omega,\ \ldots\qquad\qquad\qquad$ sei nun resp.

$$\beta=\beta_0,\ \ \beta_1,\ \ \beta_2,\ \ \ \beta_3,\ \ldots\qquad\qquad\text{und}$$

$$\vartheta=\vartheta_0,\ \ \vartheta_1,\ \ \vartheta_2,\ \ \ \vartheta_3,\ \ldots$$

(d. h. für die tiefsten und höchsten Lagen des Pendels, wie durch nebenstehende Zeichnung, in der die seitlichen Abweichungen der Deutlichkeit halber im Verhältnifs zu den Excursionen viel zu grofs sind, angedeutet werden soll.)

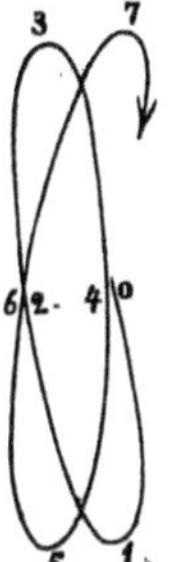

Dann ist, da F für $u = 2\,\omega$ verschwindet

$$\left(\text{weil } \frac{\sigma\,2\,\omega}{\sigma_3\,2\,\omega} = 0 \ \text{ist}\right),$$

$$\beta_2 - \beta_1 = n \sin\gamma\,(l^2 \cos^2\vartheta_2 - l^2 \cos^2\vartheta_1)$$

$$- 2\,n\,l^2 \cos\gamma \cos\psi_1 \left[\sqrt{l - \frac{\alpha}{g}}\,\frac{\sigma\,\omega\,\sigma_2\,\omega}{\sigma_3^2\,\omega}\left(1 - 2\,\frac{\sigma_2^2\,\omega}{\sigma_3^2\,\omega}\right)\right.$$

$$\left. + \arcsin\left(\sqrt{l - \frac{\alpha}{g}}\,\frac{\sigma\,\omega}{\sigma_3\,\omega}\right)\right].$$

Nun ist

$$\frac{\sigma\,\omega}{\sigma_3\,\omega} = \frac{1}{\sqrt{e_1 - e_3}} = \frac{1}{\sqrt{2\,l}}$$

$$\frac{\sigma_2\,\omega}{\sigma_3\,\omega} = \sqrt{\frac{e_1 - e_2}{e_1 - e_3}} = \sqrt{\frac{l + \dfrac{\alpha}{g}}{2\,l}}$$

$$l^2 \cos^2\vartheta_2 - l^2 \cos^2\vartheta_1 = \left(l - 2\,l\left(l - \frac{\alpha}{g}\right)\frac{\sigma^2\,2\,\omega}{\sigma_3^2\,2\,\omega}\right)^2 - \left(l - 2\,l\left(l - \frac{\alpha}{g}\right)\frac{\sigma^2\,\omega}{\sigma_3^2\,\omega}\right)^2$$

$$= l^2 - \left(l - \left(l - \frac{\alpha}{g}\right)\right)^2 = l^2 - \frac{\alpha^2}{g^2}$$

Also ist

$$\beta_2 - \beta_1 = n \sin\gamma\left(l^2 - \frac{\alpha^2}{g^2}\right) + n \cos\gamma \cos\psi_1 \left[\frac{\alpha}{g}\sqrt{l^2 - \frac{\alpha^2}{g^2}} - 2\,l^2 \arcsin\sqrt{\frac{l - \dfrac{\alpha}{g}}{2\,l}}\right]$$

Heifst nun ε die Amplitude des Foucault'schen Pendels, d. h. der gröfste Ausschlagswinkel desselben, so ist

$$l \cos\varepsilon = b = \frac{\alpha}{g}. \qquad\qquad \text{Folglich}$$

$$l - \frac{\alpha}{g} = l - l \cos\varepsilon = 2\,l \sin^2 \frac{\varepsilon}{2}$$

$$l + \frac{\alpha}{g} = l + l \cos\varepsilon$$

$$\overline{\qquad\qquad\qquad\qquad}$$

$$l^2 - \frac{\alpha^2}{g^2} = l^2 \sin^2\varepsilon$$

Also ist

$$\beta_2 - \beta_1 = n \sin\gamma\,l^2 \sin^2\varepsilon + n \cos\gamma \cos\psi_1 \left[l^2 \sin\varepsilon \cos\varepsilon - 2\,l^2 \arcsin\sqrt{\sin^2 \frac{\varepsilon}{2}}\right]$$

$$= n\,l^2 \left\{\sin\gamma \sin^2\varepsilon + \cos\gamma \cos\psi_1\,(\sin\varepsilon \cos\varepsilon - \varepsilon)\right\}. \qquad (36)$$

Da nun beim Foucault'schen Pendelversuch das Pendel von seiner gröfsten Elongation ε aus ohne seitliche Anfangsgeschwindigkeit losgelassen wird, so ist hier $\psi = 0$, also auch $\beta_1 = 0$.

Für $u = 2\omega$ ist es dann in seinem tiefsten Punkte angekommen.

Für diesen Moment ist

$$z = l \cos \vartheta_2 = a = l - \frac{\beta_2}{4\,l\,(gl - \alpha)}.$$

Also, wenn man quadrirt,

$$l^2 - l^2 \sin^2 \vartheta = l^2 - \frac{\beta_2^2}{2\,(gl - \alpha)} + \cdots \qquad \text{Also}$$

$$l \sin \vartheta_2 = \frac{\beta_2}{\sqrt{2\,gl - \alpha)}} = \frac{\beta_2}{2\,\sqrt{gl}\,\sin \frac{\varepsilon}{2}}.$$

Hier kann man den sinus durch den Bogen selbst ersetzen und daher giebt diese letzte Gröfse die gesuchte Abweichung des Pendels von der Gleichgewichtslage.

Setzt man nun den Werth von β_2 aus der Gleichung (36) hier ein, so findet man, dafs das Pendel von der Gleichgewichtslage um die Strecke

$$(37) \qquad \frac{n\,l^2}{2\,\sqrt{gl}\,\sin\left(\frac{\varepsilon}{2}\right)} \left\{ \sin \gamma \sin^2 \varepsilon + \cos \gamma \cos \psi_1 (\sin \varepsilon \cos \varepsilon - \varepsilon) \right\}$$

abweicht und nicht durch dieselbe geht, wenn es im Azimuth ψ_1 von der Elongation ε aus ohne Anfangsgeschwindigkeit losgelassen wird. Hierbei ist l die Länge des Pendels, γ die Breite des Beobachtungsortes, g die Attractionsconstante oder die Schwere und n die Winkelgeschwindigkeit der Rotation der Erde.

Berücksichtigt man die Centrifugalkraft der Erde, so findet man leicht aus obigen Differentialgleichungen, dafs das Pendel nicht in seinem tiefsten Punkte $x = 0$, $y = 0$, $z = l$ im Gleichgewicht ist, sondern in dem Punkte

$$(38) \qquad \left\{ \begin{aligned} x &= \frac{A\,l}{\sqrt{A^2 + g^2}} \\ y &= 0 \\ z &= \frac{g\,l}{\sqrt{A^2 + g^2}} \end{aligned} \right.$$

wo $\qquad A = n^2 \sin \gamma \cos \gamma\, R \qquad$ gesetzt ist,

und $\qquad g = G - n^2 \cos^2 \gamma\, R, \qquad$ wie oben, ist.

Da vermöge der Periodicität der elliptischen Functionen aus (35) folgt

$$\beta_2 - \beta_0 = \beta_4 - \beta_2 = \beta_6 - \beta_4 = \cdots 0,$$

so sieht man, dafs bei jedem Hin- und Hergange des Pendels die Entfernung von der Gleichgewichtslage dieselbe ist, dafs man also um diesen Punkt einen kleinen Kreis mit dem Radius (37) beschreiben kann, der, ähnlich wie beim sphärischen Pendel, immer von der Pendelbahn berührt wird.

Ebenso liegen die Punkte der größten Elongation in der Peripherie eines Kreises mit dem Radius $l \sin \varepsilon$, denn, da

$$\frac{\sigma \omega}{\sigma_2 \omega} = -\frac{\sigma(3\omega)}{\sigma_2(3\omega)} = \frac{\sigma(5\omega)}{\sigma_2(5\omega)} = -\frac{\sigma(7\omega)}{\sigma(7\omega)} = \cdots \quad \text{ist,}$$

so folgt aus (12)

$$l \cos \varepsilon = l \cos \vartheta_1 = l \cos \vartheta_3 = \cdots \qquad \text{und}$$
$$l \sin \varepsilon = l \sin \vartheta_1 = l \sin \vartheta_3 = \cdots$$

Also
$$\varepsilon = \vartheta_1 = \vartheta_3 = \vartheta_5 = \cdots$$

Die Richtung, in welcher das Pendel sich zum ersten Male in dem tiefsten Punkte, den es erreicht, befindet, ist $\psi_1 \pm \frac{\pi}{2}$, wo ψ_1 durch die Gleichung (29) definirt ist.

Da $\qquad \dfrac{\sigma \omega}{\sigma_2 \omega} = -\dfrac{\sigma(3\omega)}{\sigma_2(3\omega)} \quad$ und $\quad \dfrac{\sigma_2 \omega}{\sigma_3 \omega} = \dfrac{\sigma_2 3\omega}{\sigma_3 3\omega} \quad$ ist,

so folgt aus (35) sofort

$$\beta_3 - \beta_1 = 2\,n\,l^2 \cos\gamma \cos\psi_1 (\sin\varepsilon\cos\varepsilon - \varepsilon) \qquad (39)$$

Beim Foucault'schen Pendel ist nun $\beta_1 = 0$, weil dasselbe ohne seitliche Anfangsgeschwindigkeit losgelassen wird. β_3 ist aber, wie wir hier aus (39) sehen, nicht gleich Null, also hat das Pendel für $u = 3\omega$ eine seitliche Geschwindigkeit. Dieselbe hat es für $u = 7\omega$, 11ω, 15ω, ..., während es für $u = \omega$, 5ω, 9ω ... keine hat. Demnach ist die Bahn des Pendels beim Hingange anders gestaltet wie beim Hergange; die nebenstehende Zeichnung sucht dies zu veranschaulichen.

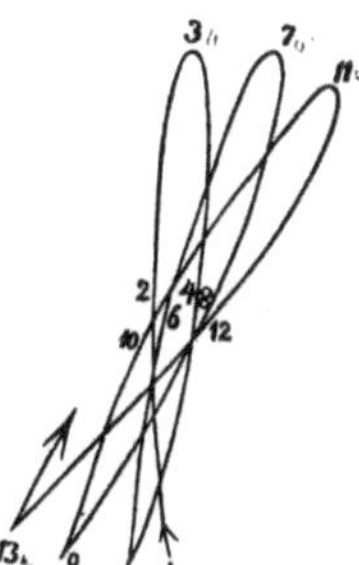

Die Pendelbahn ist hier also nicht ellipsenähnlich wie beim sphärischen Pendel mit sehr kleinen Excursionen. —

Ganz anders gestaltet sich dagegen die Pendelbahn, wenn man das Pendel von seiner Gleichgewichtslage ausstößt.

Für diesen Fall ist $\beta_0 = 0$ und da die elliptischen Functionen in (35) für $u = 2\omega$, 4ω, 6ω, ... verschwinden, so ist auch $\beta_2 = \beta_4 = \beta_6 = \cdots = 0$. Also geht das Pendel jedesmal wieder durch die Gleichgewichtslage und seine Bahn tangirt nicht in der Nähe derselben einen kleinen Kugelkreis sondern nur in den Momenten der größten Excursionen.

Es findet sich aus (35) leicht durch einige Rechnung nach der eben angewandten Methode

$$\beta_1 - \beta_0 = -nl^2\{\sin\gamma \sin^2\varepsilon + \cos\gamma \cos\psi_0 (\sin\varepsilon\cos\varepsilon - \varepsilon)\} \qquad (40)$$

wo $\beta_0 = 0$ ist in diesem Falle.

Für $u = \omega$ hat das Pendel hier also die seitliche Geschwindigkeit, die durch (40) gegeben ist. Doch sind auch hier beide Theile der Pendelbahn verschieden; denn aus (39) und (40) folgt

$$(41) \qquad \beta_{2} = - n l^{2} \left\{ \sin \gamma \sin^{2} \varepsilon - \cos \gamma \cos \psi_{0} (\sin \varepsilon \cos \varepsilon - \varepsilon) \right\}$$

Der Werth der seitlichen Abweichungen, d. h. $\dfrac{d\psi}{dt}$ selbst findet sich, indem man die Gröfsen β durch die zugehörigen Gröfsen $l^{2} \sin^{2}\vartheta$ dividirt, die sich vermittelst der Gleichungen, die zwischen (35) und (36) stehen, leicht berechnen lassen. Es findet sich nämlich auf diese Weise:

$$(42) \qquad l \sin \vartheta = 2 l \sqrt{2 l} \sin \frac{\varepsilon}{2} \frac{\sigma u \, \sigma_{2} u}{\sigma_{3}^{2} u}$$

und hier sind für u die Vielfachen von ω einzusetzen.

In diesem Falle ist aber ε (der gröfste Ausschlagswinkel) nicht durch die Natur der Aufgabe gegeben, sondern aus der Anfangsgeschwindigkeit $l\dfrac{d\vartheta}{dt}$ (für $u = 0$) zu berechnen.

Nun findet sich leicht aus der ersten Gleichung (22) mit Rücksicht auf (42) und (10)

$$l \frac{d\vartheta}{dt} = 2 \sqrt{gl} \sin \frac{\varepsilon}{2} \frac{\sigma_{1} u}{\sigma_{3} u}$$

und da $\dfrac{\sigma_{1}(0)}{\sigma_{3}(0)} = 1$ ist, so ist die Geschwindigkeit des Pendels im tiefsten Punkt

$$l \frac{d\vartheta_{0}}{dt} = 2 \sqrt{gl} \sin \frac{\varepsilon}{2}$$

und es findet sich daher die Amplitude in unserem Falle

$$(43) \qquad \varepsilon = 2 \arcsin \left(\frac{l}{2 \sqrt{gl}} \frac{d\vartheta_{0}}{dt} \right).$$

Ist die Anfangsgeschwindigkeit, die das Pendel durch den Stofs aus der Gleichgewichtslage erhält, gröfser als $2 \sqrt{gl}$, so schlägt dasselbe über.

IV.

Für das überschlagende Pendel ist, wenn $a > b > c$ sein soll,

$$a = \quad l - \frac{\beta^{2}}{4 l (gl - \alpha)}$$

$$b = - l - \frac{\beta^{2}}{4 l (gl + \alpha)}$$

$$c = \frac{\alpha}{g} + \frac{2 gl \beta^{2}}{4 l (g^{2} l^{2} - \alpha^{2})} \quad \text{zu nehmen.}$$

Dann ist daher

$$e_{3} = \frac{\alpha}{3 g} - l; \quad e_{1} - e_{2} = - \frac{\alpha}{g} - l$$

$$e_{2} = \frac{\alpha}{3 g} + l; \quad e_{1} - e_{3} = - \frac{\alpha}{g} + l$$

$$e_{1} = \frac{- 2 \alpha}{3 g} \quad ; \quad e_{2} - e_{3} = 2 l$$

Daher folgt aus (7,2) und (8,1)

$$0 = \frac{\sigma_2\,(ia_1)}{\sigma(ia_1)} \qquad \text{und} \qquad 0 = \frac{\sigma_2\,(ia_2)}{\sigma(ia_2)}$$

und da die σ-Functionen im Endlichen nie unendlich werden, so können diese Quotienten nur Null werden, wenn ihre Zähler Null werden. Also

$$0 = \sigma_2\,(ia_1) = \sigma_2\,(ia_2),$$

woraus folgt, daſs (abgesehen von ganzen Perioden)

$$ia_1 = ia_2 = \pm\, \omega' \quad \text{ist.}$$

Folglich ist hier nach (22,2 und 3)

$$l \sin\vartheta \cos\psi = \frac{i\sqrt{e_1 - e_3}\left(e^{vi}\,\sigma_2\,(u \pm \omega')\,\sigma_3\,(u \pm \omega') + e^{-vi}\,\sigma_2\,(u \pm \omega')\,\sigma_2\,(u \pm \omega')\right)}{2\,\sigma_1\,(\omega')\,\sigma\,\omega'\,\sigma_3^2\,u}.$$

Da nun

$$\frac{\sigma_2\,(u \pm \omega')}{\sigma\,\omega'} = \pm\sqrt{(e_1 - e_3)(e_2 - e_3)}\; e^{\pm\,\eta'\,u}\,\sigma u$$

$$\sigma_2\,(u \pm \omega') = \sqrt[4]{\frac{e_2 - e_3}{e_1 - e_3}}\; e^{\pm\,\eta'\,u + \frac{\eta'\,\omega'}{2}}\,\sigma_1 u$$

und

$$\sigma_1\,(\omega') = e^{\frac{\eta'\,\omega'}{2}}\sqrt[4]{\frac{e_1 - e_3}{e_2 - e_3}}, \qquad\qquad \text{also:}$$

$$\frac{\sigma_2\,(u \pm \omega')}{\sigma_1\,\omega'} = \sqrt{\frac{e_2 - e_3}{e_1 - e_3}}\; e^{\pm\,\eta'\,u}\,\sigma_1 u \qquad\qquad \text{ist,}$$

so wird

$$l \sin\vartheta \cos\psi = \pm\, i\sqrt{e_1 - e_3}\,(e_2 - e_3)\frac{\left(e^{vi\,\pm\,2\,\eta'\,u} - e^{-vi\,\mp\,2\,\eta'\,u}\right)\sigma u\,\sigma_1 u}{2\,\sigma_3^2\,u}.$$

Oder setzt man nun wieder

$$v \pm \frac{2\,\eta'\,u}{i} \pm \frac{\pi}{2} = \psi_1; \qquad\qquad \text{also}$$

$$\mp \sin\left(v \pm \frac{2\,\eta'\,u}{i}\right) = \cos\psi_1;$$

so wird mit Berücksichtigung von (22,1) schlieſslich

$$-2\,n\,l^2 \sin^2\vartheta \cos\psi\,\frac{d\vartheta}{dt} = -\,n\,\sqrt{e_1 - e_3}\,\cos\psi_1\,F\,\frac{du}{dt},$$

wenn

$$F = 4\,(e_1 - e_3)\,(e_2 - e_3)^2\,\frac{\sigma^2 u\,\sigma_1^2\,u\,\sigma_2 u}{\sigma_3^5\,u}$$

gesetzt wird.

Diese Gröſse läſst sich als ganze ungerade Function von $\dfrac{\sigma_2 u}{\sigma_3 u}$, also auch durch $\dfrac{\sigma_2 u}{\sigma_3 u}$ und dessen gerade Ableitungen ausdrücken.

Es ist nämlich

$$(e_2 - e_3)\,\frac{\sigma^2 u}{\sigma_3^2\,u} = 1 - \frac{\sigma_3^2\,u}{\sigma_3^2\,u}$$

$$(e_2 - e_3)\,\frac{\sigma_1^2\,u}{\sigma_3^2\,u} = -\,(e_1 - e_3) + (e_2 - e_3) + (e_1 - e_3)\,\frac{\sigma_2^2\,u}{\sigma_3^2\,u}$$

Es wird daher

$$F = 4\,(e_1 - e_3)\,\frac{\sigma_2\,u}{\sigma_3\,u}\left(1 - \frac{\sigma_3^2\,u}{\sigma_3^2\,u}\right)\left(e_2 - e_3 - (e_1 - e_3) + (e_1 - e_3)\,\frac{\sigma_3^2\,u}{\sigma_3^2\,u}\right)$$

$$= 4\,(e_1 - e_3)^2\,\frac{\sigma_3^6\,u}{\sigma_3^4\,u} + 4\left(2\,(e_1 - e_3)^2 - (e_1 - e_3)\,(e_2 - e_3)\right)\frac{\sigma_3^2\,u}{\sigma_3^2\,u}$$

$$+ 4\,(e_1 - e_3)\left(e_2 - e_3 - (e_1 - e_3)\right)\frac{\sigma_2\,u}{\sigma_3\,u}$$

Nun ist aber

$$\frac{d}{d\,u}\cdot\frac{\sigma_2\,u}{\sigma_3\,u} = -\,(e_2 - e_3)\,\frac{\sigma\,u\,\sigma_1\,u}{\sigma_3^2\,u}$$

$$\frac{d^2}{d\,u^2}\cdot\frac{\sigma_2\,u}{\sigma_3\,u} = \frac{\sigma_2\,u}{\sigma_3\,u}\left[2\,(e_1 - e_3) - (e_2 - e_3) - 2\,(e_1 - e_3)\,\frac{\sigma_3^2\,u}{\sigma_3^2\,u}\right]$$

$$\frac{d^3}{d\,u^3}\cdot\frac{\sigma_2\,u}{\sigma_3\,u} = -\,(e_2 - e_3)\,\frac{\sigma\,u\,\sigma_1\,u}{\sigma_3^2\,u}\left[2\,(e_1 - e_3) - (e_2 - e_3) - 6\,(e_1 - e_3)\,\frac{\sigma_3^2\,u}{\sigma_3^2\,u}\right]$$

$$\frac{d^4}{d\,u^4}\cdot\frac{\sigma_2\,u}{\sigma_3\,u} = \frac{\sigma_2\,u}{\sigma_3\,u}\left(16\,(e_1 - e_3)^2 - 16\,(e_1 - e_3)\,(e_2 - e_3) + (e_2 - e_3)^2\right)$$

$$-\,20\,(e_1 - e_3)\left(2\,(e_1 - e_3) - (e_2 - e_3)\right)\frac{\sigma_3^2\,u}{\sigma_3^2\,u} + 24\,(e_1 - e_3)_2\,\frac{\sigma_3^4\,u}{\sigma_3^4\,u}\,.$$

Folglich findet sich

$$6\,F = -\,\frac{d^4}{d\,u^4}\frac{\sigma_2\,u}{\sigma_3\,u} - 2\left(2\,(e_1 - e_3) - (e_2 - e_3)\right)\frac{d^2}{d\,u^2}\frac{\sigma_2\,u}{\sigma_3\,u} + 3\,(e_2 - e_3)^2\frac{\sigma_2\,u}{\sigma_3\,u}\,.$$

Da nun, abgesehen von einer Constanten,

$$\int\sqrt{e_1 - e_3}\,\frac{\sigma_2\,u}{\sigma_3\,u}\,d\,u = \arcsin\left(\sqrt{e_1 - e_3}\,\frac{\sigma\,u}{\sigma_3\,u}\right)\quad\text{ist,}$$

so wird durch Integration

$$6\int F\,d\,u = -\,\frac{d^3}{d\,u^3}\cdot\frac{\sigma_2\,u}{\sigma_3\,u} - 2\left(2\,(e_1 - e_3) - (e_2 - e_3)\right)\frac{d}{d\,u}\frac{\sigma_2\,u}{\sigma_3\,u}$$

$$+ \frac{3\,(e_2 - e_3)^2}{\sqrt{e_1 - e_3}}\,\arcsin\left(\sqrt{e_1 - e_3}\,\frac{\sigma\,u}{\sigma_3\,u}\right) + C$$

$$= 6\,(e_2 - e_3)\,\frac{\sigma\,u\,\sigma_1\,u}{\sigma_3^2\,u}\left((e_1 - e_3) - \frac{(e_2 - e_3)}{2} - (e_1 - e_3)\,\frac{\sigma_3^2\,u}{\sigma_3^2\,u}\right)$$

$$+ \frac{6\,(e_2 - e_3)^3}{2\,\sqrt{e_1 - e_3}}\,\arcsin\left(\sqrt{e_1 - e_3}\,\frac{\sigma\,u}{\sigma_3\,u}\right) + C.$$

Setzt man für die e die gefundenen Werthe ein, so erhält man

$$\int F\,d\,u = 2\,l\,\frac{\sigma\,u\,\sigma_1\,u}{\sigma_3^2\,u}\left(-\frac{\alpha}{g} - \left(l - \frac{\alpha}{g}\right)\frac{\sigma_3^2\,u}{\sigma_3^2\,u}\right) + \frac{2\,l^3}{\sqrt{l - \frac{\alpha}{g}}}\,\arcsin\left(\sqrt{l - \frac{\alpha}{g}}\,\frac{\sigma\,u}{\sigma_3\,u}\right) + C.$$

Man findet hieraus nach der bei (35) gebrauchten Methode sofort β und dann

$$\beta_2 - \beta_1 = n\sin\gamma\,(l^3\cos^2\vartheta_2 - l^3\cos^2\vartheta_1)$$

$$+ n\cos\gamma\cos\psi_1\left[2\,l\sqrt{l - \frac{\alpha}{g}}\,\frac{\sigma\,\omega\,\sigma_1\,\omega}{\sigma_3^2\,\omega}\left(\frac{\alpha}{g} + \left(l - \frac{\alpha}{g}\right)\frac{\sigma_2\,\omega}{\sigma_3\,\omega}\right)\right.$$

$$\left. - 2\,l^3\arcsin\left(\sqrt{l - \frac{\alpha}{g}}\,\frac{\sigma\,\omega}{g\,\sigma_3\,\omega}\right)\right].$$

Hier ist nun

$$\frac{\sigma\,\omega}{\sigma_3\,\omega} = \frac{1}{\sqrt{e_1 - e_3}} = \frac{1}{\sqrt{l - \dfrac{\alpha}{g}}}$$

$$\frac{\sigma_1\,\omega}{\sigma_3\,\omega} = 0$$

$$\frac{\sigma_2\,\omega}{\sigma_3\,\omega} = \sqrt{\frac{e_1 - e_2}{e_1 - e_3}} = \sqrt{\frac{-\,l - \dfrac{\alpha}{g}}{l - \dfrac{\alpha}{g}}}\,.$$

Hiernach wird

$$l^2 \cos^2 \vartheta_2 - l^2 \cos^2 \vartheta_1 = \left(l - 2\,l\left(l - \frac{\alpha}{g}\right)\cdot 0 \right)^2 - (l - 2\,l)^2 = 0.$$

Also fällt das $\sin\gamma$ proportionale Glied fort und das zweite Glied wird

$$n \cos\gamma \cos\psi_1 \left[- 2\,l^2 \operatorname{arc\,sin} 1 \right] = - n\,l^2\,\pi \cos\gamma \cos\psi_1.$$

Dies ist also der einfache Werth von $\beta_2 - \beta_1$ oder auch von β_2, da β_1 hier Null ist, weil das Pendel durch die labile Gleichgewichtslage geht.

Da nun wiederum

$$l \sin\vartheta_2 = l\,\vartheta_2 + \ldots = \frac{\beta_2}{\sqrt{2\,(gl - \alpha)}} + \ldots \quad \text{ist,}$$

so findet sich die Abweichung des überschlagenden Pendels, welches von seiner labilen Gleichgewichtslage aus gestofsen wird, vom tiefsten Punkte

$$= \frac{n\,l^2\,\pi \cos\gamma \cos\psi_1}{\sqrt{2\,(gl - \alpha)}} \tag{44}$$

Diesem Ausdrucke können wir noch eine der Natur entsprechendere Form geben, indem wir die Constante der lebendigen Kraft α durch die Anfangsgeschwindigkeit, die der Stofs ertheilt, ausdrücken.

Die Gleichung zwischen (5) und (6), welche α definirt, giebt, wenn das Pendel in der labilen Gleichgewichtslage ist,

$$l^2 \vartheta'^2 + 2\,gl = v_1^2 + 2\,gl = - 2\,\alpha,$$

wenn v_1 diese Anfangsgeschwindigkeit ist.

Daher wird die gesuchte Abweichung

$$= \frac{n\,l^2\,\pi \cos\gamma \cos\psi_1}{\sqrt{v_1^2 + 4\,gl}} \tag{45}$$

Ein Pendel, das sich auf einem Pole befindet, würde, da dort $\cos\gamma = 0$ ist, auch durch die untere Gleichgewichtslage gehen.

THESES.

I.

Omne problema mathematicum homo solvere posset, si satis diligentiae haberet.

II.

Quaecunque methodus in mathesi ad cognitionem novi perducit, ea utendum est.

III.

Melius et utilius est in scholis analysis superioris quam geometriae recentioris elementa doceri.

Geboren wurde ich am 28. Juni 1847 zu Rummelsburg in Pommern. Von meinen Eltern, Dr. med. Wilhelm Alexander Franz und Agnes geb. Succo, ist der Vater leider schon verstorben.

Auf den Gymnasien zu Neustettin und Coeslin vorgebildet, begab ich mich nach Erlangung des Zeugnisses der Reife zu Ostern 1867 auf die Universität Greifswald, wo ich unter Anleitung der Professoren Königsberger, Freiherr v. Feilitzsch, Limpricht und Münter meine Studien in Mathematik und Naturwissenschaften begann. In Halle hörte ich hierauf die mathematischen Vorlesungen von Prof. Schwarz und Dr. Thomae und die physikalischen von Prof. Knoblauch. In Berlin studirte ich dann Mathematik bei den Professoren Weierstrafs, Kummer und Kronecker, Physik bei den Professoren Magnus und Quincke, Astronomie bei Prof. Förster und Physiologie bei Prof. du Bois-Reymond, während Prof. Harms mich in die Kantische Philosophie einführte.

An den Uebungen des mathematischen Seminars von Weierstrafs und Kummer, der physikalischen Colloquien von Knoblauch und Magnus, des chemischen Laboratoriums von Schwanert und einiger anderer Seminare habe ich während der Studienzeit Theil genommen.

Allen meinen hier genannten Lehrern, unter deren Leitung es mir vergönnt war, einen ersten kleinen Blick in das erhabene und schöne Feld der exacten Wissenschaft zu thun, besonders aber den Professoren Königsberger und Weierstrafs, weifs ich den innigsten Dank.